Despoten. Demagogen. Diktatoren. Ein satirisches Bilderbuch

Herausgegeben von Eva Witten

AUFKLÄRUNG

Offene Gesellschaften sind selten an ihren Feinden zugrunde gegangen,
sondern meist am fehlenden Engagement ihrer Befürworter.

Seit rund 20 Jahren publiziert der Alibri Verlag Autor*innen, die mit ihren Texten für Selbstbestimmungsrechte, Emanzipation und wissenschaftliches Denken eintreten und sich für eine säkulare und rationale Weltanschauung stark machen. Sie stellen sich hinter die Errungenschaften der historischen Aufklärung, im Bewusstsein, dass Aufklärung als emanzipatorischer Prozess nie abgeschlossen ist. Sie wissen, dass Demokratie und Menschenrechte keine Naturgesetze sind, sondern sinnstiftende Ideen, die sich eine Gesellschaft über sich selbst erzählt und die nur solange Bestand haben, wie genug Menschen sie verteidigen.

Wer im Wettstreit um die Frage, wie das gesellschaftliche Zusammenleben künftig organisiert sein soll, nicht autoritären und patriarchalen Kräften, Identitären und Nationalisten das Feld überlassen will, muss Utopien entwickeln und sich kritisch zu Wort melden. Als Verlag tragen wir Utopien und Skepsis in die Öffentlichkeit, damit sie dort ihre Wirkung entfalten.

Mit der neue Reihe Alibri [.-] erweitern wir diese Tradition um den Bereich Kunst. Hier bekommen Künstler*innen eine Bühne, die sich kritisch auf Gesellschaftspolitik beziehen, die die Wirkungsmöglichkeiten von Satire ausloten und deren Arbeiten Lust machen, sich aufzuregen und einzumischen. Da es der Kunst ausdrücklich erlaubt ist, Inhalte zu verdichten, zu überzeichnen, zu inszenieren und theatralisieren, Anstoß zu erregen und Spektakel zu veranstalten, kann sie im politischen Diskurs große Kraft entfalten. Nicht umsonst werden Literat*innen, Musiker*innen und Zeichner*innen weltweit immer wieder mit Auftrittsverboten und Haftstrafen zum Schweigen gebracht.

Kunst birgt die Chance, Menschen zu irritieren und aufmerksam zu machen, Öffentlichkeit für Missstände zu schaffen, Protest zu entzünden und damit die Frage aufzuwerfen, wie wir leben wollen.

PUTIN
DEMOKRATIE
ERDOGAN
AN
KACZYNSKI
TRUMP
Tilly '17

HEUER

Augen auf bei der Berufswahl! | Vorwort von Jürgen Becker

Wer im Knacken von Schlössern große Kunstfertigkeit entwickelt, kann es als professioneller Einbrecher durchaus zu etwas bringen. Der Mann, um den es hier geht, schreckte sogar nicht vor dicken Metallgittern zurück. Mit krimineller Energie, unbändigem Fleiß und einer hochwertigen Eisensäge durchbrach er die Gitter vor den Schulfenstern des Comenius-Gymnasiums in Düsseldorf. Ein massiver Rechtsbruch. Doch in der Folge tat er etwas, was der Berufsehre eines jeden Kriminellen zutiefst zuwider läuft: Er entwendete nicht einen einzigen Gegenstand – im Gegenteil. Jener Einbrecher fügte sogar etwas hinzu: Mit Qualitätsprodukten aus dem Farbregal entstanden freche Fresken an den Wänden, deren Urheberschafft trotz langwieriger Ermittlungen der Behörden lange im Dunkeln blieben. Erst zum 100. Jubiläum der Schule outete sich der Täter. Zur Strafe musste er dann im Beisein des Direktoriums sein Zeugnis kreativer Jugendkriminalität mit seiner Signatur veredeln.

Heute ist es der öffentliche Raum, in dem er an Weltbildern und Heiligtümern sägt. Seine Waffen sind aus Pappe und seine Argumente aus Abdeckfarbe. Ausgerechnet der Karneval öffnete ihm die Tür zur großen Freiheit, die er bei der Verleihung des Jan-Wellem-Rings im Düsseldorfer Rathaus den „Liberalen Traum“ nannte. Die beispiellose Schärfe und Wucht seiner Entwürfe und die grandiose Qualität in der Umsetzung seines begnadeten Teams würde ihn in nicht wenigen Ländern hinter Gitter bringen. Jacques Tillys Satire ist somit auch ein Mahnmal: Augen auf bei der Traumwahl! Sollten wir nicht alle für den „Liberalen Traum“ einstehen, der auf der Aufklärung basiert, persönliche und künstlerische Freiheiten thematisiert und die Welt pluralistisch sieht? Denn Pegida und AfD haben mit den Salafisten und Kämpfern des IS viel mehr gemein, als ihnen lieb sein kann. Sie alle propagieren den autoritären Traum und die „Reinheit“ der Völker. Wir können und müssen dem etwas entgegensetzen. Man könnte frei nach Willy Brandt ausrufen: „Mehr Jacques Tilly wagen!“ International geschieht das bereits. Nach Aschermittwoch tourten Tillys Wagen durch Tschechien und Polen und unterstützten wirkmächtig die dortige Opposition. Ebenso durch England: Hier stärkten sie die Brexit-Gegner mit einem provozierenden Motiv, das um die Welt ging. Dieses Buch dokumentiert eindrucksvoll die globale Power der politischen Plastiken aus Düsseldorf.

Für Satiriker hat sich durch das Erstarken des autoritären Traums etwas Grundlegendes verändert: Wir müssen uns von der Attitüde verabschieden, eigentlich gegen diese Gesellschaft zu sein. Jetzt müssen wir sie kraftvoll verteidigen! Sonst kommen wir sehr schnell in die Situation, dass wir uns wieder mit krimineller Energie und einer Eisensäge beschäftigen müssen. Und der Frage, wie wir die in Tillys Einzelzelle schmuggeln.

Es ist etwas ins Rutschen geraten | Vorwort von Jacques Tilly

Despoten, Demagogen, Diktatoren. Diese Spezies scheint sich ja im Moment wieder prächtig zu vermehren. Da sind sie wieder, die echten Männer, Führernaturen, die wissen, wo es langgeht, die Machotypen, die Lügner und Großmäuler. Ein rechtspopulistischer Aufstand rast über den Globus. Und es könnte sein, dass demnächst alles hinweggewalzt wird, was wir bisher für sicher und unerschütterlich gehalten haben. Die Gegenkultur ist momentan eindeutig rechts und sie greift offensiv die liberale Demokratie, den Pluralismus und die Rechtsstaatlichkeit an. Wo man auf der Weltkarte auch hinschaut, werden Gewaltenteilung, Presse- und Meinungsfreiheit mit den Mitteln der Staatsgewalt beschädigt oder zerstört. In Russland herrscht eine Einmanndiktatur, in China ein menschenrechtsfeindlicher, repressiver Staatsapparat und in den USA zerstört Trump die demokratischen Traditionen. Europa ist die letzte größere verbliebene Insel der liberalen Demokratie. Doch auch hier fällt ein Land nach dem anderen der rechtspopulistischen Infektion zum Opfer, zuletzt Tschechien, Österreich und Italien. Und auch der Brexit hatte ein ziemlich unappetitliches Grundmotiv: Fremdenfeindlichkeit.

Es liegt auf der Hand, dass die verbliebenen Demokraten eine gemeinsame Verteidigungslinie aufbauen müssen. Es muss aber auch geklärt werden, wo genau die Frontlinie verläuft. Welche Werte, welche politischen Vorstellungen stehen sich hier gegenüber? Der Historiker Philipp Blom hat jüngst eine brauchbare Formel ins Spiel gebracht: Es steht der autoritäre gegen den liberalen Traum. Oder anders gesagt: Es steht archaisches Stammesdenken gegen kosmopolitische Ideale. Man kann den Frontverlauf aber noch deutlicher auf den Punkt bringen: Es steht Brutalität gegen Zivilisation.

Doch wie immer man es nennen möchte, es stehen sich zwei grundverschiedene Staats- und Gesellschaftskonzepte gegenüber. Das autoritäre Konzept ist uralt und reicht weit in die Geschichte des Lebens zurück. Es ist gültig, seit Säugetiere in Horden zusammenleben und war bis vor wenigen hundert Jahren auch in der menschlichen Geschichte vorherrschend. In den vormodernen Gesellschaften galten zwei gegensätzliche Moralsysteme: Einerseits herrscht hier eine positive Binnenmoral für die Mitglieder der eigenen Gruppe. Hier gelten Solidarität, Empathie und Nächstenliebe. Aber wehe denen, die nicht zum eigenen Rudel gehören, zum eigenen Stamm, zur eigenen Kultur, zur eigenen „Rasse", zur eigenen Glaubensgemeinschaft. Denen gegenüber reagiert die Gruppe mit Ausgrenzung, mit Hass, Grausamkeit und Krieg. So gab es immer eine strenge Grenze zwischen „uns" und „denen". Es ist die Ethik von Wolfsrudeln oder Affenhorden: vorzivilisiert, instinktgeleitet, animalisch. So lebte die Menschheit Jahrhunderttausende. Und trotz allem Gedröhne von Menschenliebe und Frieden haben die Religionen die Spaltung der Menschheit in verfeindete Gruppen noch verstärkt und vertieft. So etwas wie die Freiheit des Individuums existierte noch nicht, dafür aber das wärmende Zusammengehörigkeitsgefühl einer gleichgeschalteten Gruppe. In diesen geschlossenen Gesellschaften musste sich der Einzelne vollkommen den Normen der kollektiven Größen wie Familie, „Rasse", Stand, Nation und Religion unterordnen. Und das gilt, nebenbei bemerkt, auch für Teile der radikalen Linken, die die individuellen Freiheiten ebenfalls missachten und ein verhängnisvolles Faible für allmächtige Kollektive haben.

Das vorherrschende Merkmal in diesen Gruppen ist Gewalt. Gewalt gegen die eigenen Gruppenmitglieder, die sich nicht an den strengen Normenkanon halten wollen. Und Gewalt nach außen, gegen die anderen Gruppen, die ja nach einer anderen Moral, einer anderen „Wahrheit" leben. Kein Wunder, dass diese Gesellschaften von gewalt- und kriegsverherrlichenden Leitbildern dominiert wurden. Die Verwüstungen weiter Teile Europas in den Konfessionskriegen des 16. und 17. Jahrhunderts führten allmählich zu einem Umdenken. Es breitete sich die Einsicht aus, dass es so nicht weitergehen könne. Man bemühte sich, bessere und humanere Formen zu finden, wie Gesellschaften und Staaten zu organisieren seien. Es begann das

Zeitalter der Aufklärung. In dieser Epoche wurde die grandioseste politische Idee aller Zeiten geboren: Die Idee, dass jeder Mensch dieser Erde von Geburt an mit Grundrechten ausgestattet ist. In der Menschenrechtsidee werden die Rechte, die vormals nur im eigenen Rudel galten, auf alle Angehörigen unserer Art ausgedehnt: auf die gesamte Menschheit eben. Die Grenze zwischen „wir" und „die" entfällt, weil ganz einfach alle Menschen per definitionem zur Menschheit gehören und somit erstmalig eine Gruppe ohne Außengrenzen bilden. Im Verlauf eines jahrhundertelangen Humanisierungsprozesses wurden immer mehr vormals ausgeschlossene Gruppen gesellschaftlich integriert: Andersgläubige, Schwarze, die Arbeiterklasse, die Frauen (immerhin die Hälfte der Menschheit), Behinderte und zuletzt, noch zu unseren Lebzeiten, Homosexuelle. Diesen Prozess hat der Philosoph Michael Schmidt-Salomon in seinem Buch *Hoffnung Mensch* eindrucksvoll nachgezeichnet. Und diese Entwicklung ist noch lange nicht abgeschlossen. Sie könnte anhalten, bis alle kulturellen Konzepte, die auf der Trennung von Menschen basieren, wie Religion, Rassismus und Nationalismus, ihren Einfluss verloren haben.

Die Gesellschaften wandelten sich von geschlossenen zu offenen Gesellschaften – ein Begriff, den der Philosoph Karl Popper populär gemacht hat. Er beschreibt Gesellschaften, die in der Lage sind, verschiedene Wahrheiten friedlich nebeneinander existieren zu lassen. Der Staat, seiner Omnipotenz beraubt, wird zum neutralen Schiedsrichter, der dafür sorgt, dass jeder nach seiner eigenen Fasson glücklich werden kann, indem er dem Einzelnen ein bislang unbekanntes Maß an Selbstbestimmung garantiert. Kritik ist jetzt erwünscht, weil sich die Gesellschaft nur durch Kritik zum Besseren entwickeln kann.

Diese gewaltigen Umwälzungen stellten sämtliche alten Gewohnheiten und Gewissheiten auf den Kopf. Die Menschen mussten sehr viel Neues lernen, vor allem den Umgang mit Andersdenkenden, mit Pluralismus und Toleranz. Und es gab eine Menge Menschen, die damit schlicht und ergreifend überfordert waren. Die kamen einfach nicht mehr mit. Diese intellektuell Zurückgebliebenen haben sich in der ersten Hälfte des 20. Jahrhunderts im europäischen Faschismus zusammengetan und den Ideen der Moderne, dem Liberalismus, Sozialismus und der Demokratie im wahrsten Sinne des Wortes den Krieg erklärt. Angetrieben von einem Unterlegenheitskomplex trieb sie der Hass auf die vermeintlichen Eliten an. Sie träumten sich zurück in den vormodernen Zustand der Urhorden mit ihren starken Führern, sie sehnten sich zurück in die Zeit, als anstelle des Rechts das Faustrecht des Stärkeren herrschte. Ihre ganze Wut auf die ihnen überlegene moderne

AFD
VOLKS-
VERRÄTER!
MERKEL
LÜGEN-
PRESSE!
BEI ZU VIEL
WUT IM
BAUCH...
...IST DIE
DEMOKRATIE
IM ARSCH!
Ausgang
Exit

Nachgeburt | 2007

Welt ließen sie heraus in einer nie dagewesenen Orgie des Massenmords. Zum Glück haben sie diesen Krieg verloren.

Jetzt erleben wir gerade die zweite Angriffswelle dieser mental Zukurzgekommenen, Zurückgebliebenen und Überforderten. Es ist derselbe Frontverlauf wie in den 20er und 30er Jahren des letzten Jahrhunderts. Es sind dieselben Motive, dieselbe Verächtlichmachung der offenen und liberalen Gesellschaft, dieselbe Verhöhnung kosmopolitischer Ideale. Für Putin und seine Freunde in den rechtsextremen Parteien Europas (die er unterstützt, wo er nur kann) ist der Freiheitsge-

NPD

AfD
GESTERN
AfD
HEUTE

winn der liberalen Gesellschaft kein Wert, sondern ein Unwert, der zur Schwächung wahrer Männlichkeit, zu „Genderwahn“ und „Homo-Propaganda“ führt. Das hohe Gut der Enthaltsamkeit des Staates in weltanschaulichen Fragen wird fehlinterpretiert als Werteverfall, der einen gottlosen, dekadenten Hedonismus, den Verlust von Heimat und Identität nach sich zieht.

Und natürlich sind die heutigen Phänomene nicht denen der Epoche des Faschismus gleichzusetzen. Bei den neuen Rechten drohen bislang kein Völkermord und keine KZs. Die Demokratiefeindlichkeit wird nicht mehr so offen propagiert wie noch in der ersten Angriffswelle. Die Methode heute ist raffinierter: Die Demokratie wird von innen ausgehöhlt, aber ihre Fassade bleibt erhalten. Die AfD, die inzwischen das Erbe der NPD angetreten hat, gibt vor, Rechtsstaatlichkeit und die Meinungsfreiheit (gegen einen „linksgrünversifften, gleichgeschalteten Mainstreamjournalismus") zu verteidigen. Sie gibt vor, ihr Kampf gegen die Bundesregierung sei ein Kampf gegen ein totalitäres System („Merkel, die Kanzlerdiktatorin"). Nicht umsonst hieß es in einer Wahlwerbung, Sophie Scholl würde heute AfD wählen. Doch wer Lügenpresse ruft, will ja nicht – so der Blogger Sascha Lobo hellsichtig –, dass seine Wahrheit *auch* in den Medien berücksichtigt wird. Er will, dass seine Wahrheit *als einzige* gültig ist, da mit dem Begriff Lügenpresse andere Sichtweisen zur Lüge erklärt werden. Das ist zutiefst totalitär. Und die Putinverherrlichung, die in diesen Kreisen grassiert, zeigt ja wohl überdeutlich, wohin die Reise gehen soll: zur Abschaffung der Meinungsfreiheit. Und da ist sie auch wieder, die Verächtlichmachung der supranationalen Organisationen, aktuell der EU oder der UN. Da ist sie wieder, die Verhöhnung von internationaler Kooperation, internationalem Recht und zwischenstaatlichen Abkommen. Lautstark ertönt der Ruf nach Abschottung, nach Protektionismus, nach neuen Grenzen und Abgrenzungen, nach Entmischung. Und auch wenn sie glauben, in verschiedenen Lagern zu stehen: Die AfD, die Identitären, Pegida und die radikalen Islamisten arbeiten Hand in Hand.

Die Schnittmenge an gemeinsamen antiliberalen Werten ist groß. Die Rechten brauchen den islamischen Fundamentalismus für ihre absurden, apokalyptischen Verschwörungstheorien. Die radikalen Muslime wiederum brauchen die Rechten, um der muslimischen Bevölkerung zu sagen: „Seht, der christliche Westen hasst uns Muslime, wir müssen sie bekämpfen". Es ist die perfekte Symbiose.

Was also tun? Wenn wir die Menschenrechtsfeinde aller Art widerspruchslos gewähren lassen, dann kann es passieren, dass das Zeitalter der Menschenrechte eine recht kurze Episode bleiben wird. Natürlich müssen wir offensiv die offene Gesellschaft und damit unsere Freiheiten verteidigen, natürlich müssen wir uns streiten, sowohl mit Argumenten als auch mit den Mitteln der Satire. Auch wenn sich die Rechten dadurch noch so sehr in ihrer vermeintlichen Opferrolle bestätigt sehen, auch wenn sie unsere Attacken erst recht anstacheln, lautet meine Devise: Macht sie lächerlich, all die kleinen und großen Trumps, Dutertes und Erdoğans, zieht sie durch den Kakao, stellt sie bloß, all die Gaulands, Bannons und Le Pens, übergießt sie mit Kübeln voll Spott und tunkt sie in beißende Polemik. Die Methode Tabubruch und Provokation beherrschen sie selbst zur Genüge. Was ihnen jedoch fehlt, ist der Humor. Denn diese wirkmächtige und zugleich humane Waffe der Aufklärung setzt eine Fähigkeit voraus, die autoritären Charakteren grundsätzlich abgeht, nämlich die Fähigkeit, nicht nur die anderen, sondern auch sich selbst nicht mehr gar so tödlich ernst zu nehmen.

Wolf im Schafspelz | 2017
Mottowagen für Gegenkundgebung anlässlich einer AfD-Wahlkampfveranstaltung in Düsseldorf

Alternative
für
Deutschland

Alternative
für
Deutschland

Alternative
für
Deutschland

rechts-
extremer
Flügel
AfD
LIBERAL

Der rechte Flügel | 2018

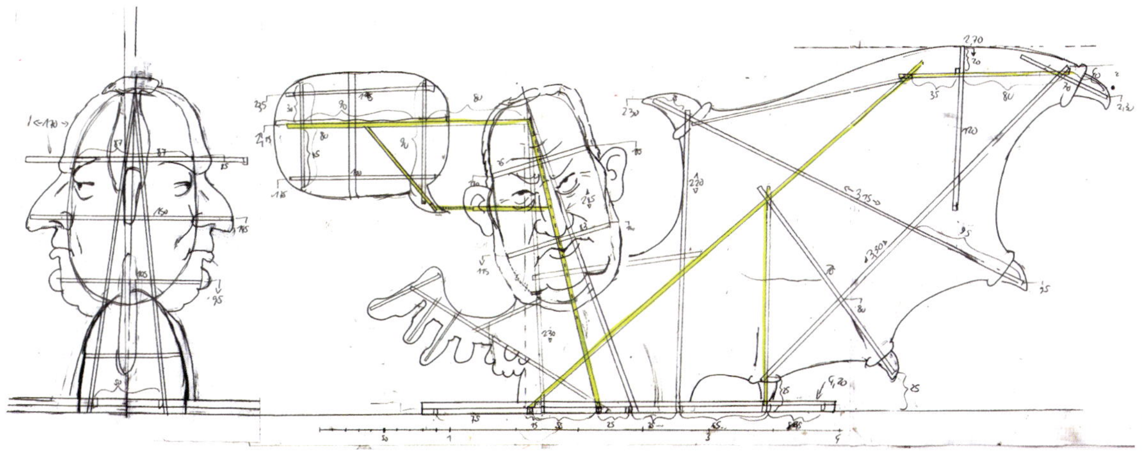

Hass schürt Hass – Die nützlichen Idioten | 2017

IS-
TERROR
UNSERE
NÜTZLICHEN
IDIOTEN !
AfD
HASS AUF
MUSLIME

Europa auf dem rechten Kurs – Blond ist das neue Braun | 2017

WILDERS
LE PEN
TRUMP
BLOND iST DAS NEUE BRAUN

Auszüge aus der (inter)nationalen Presse | 2017

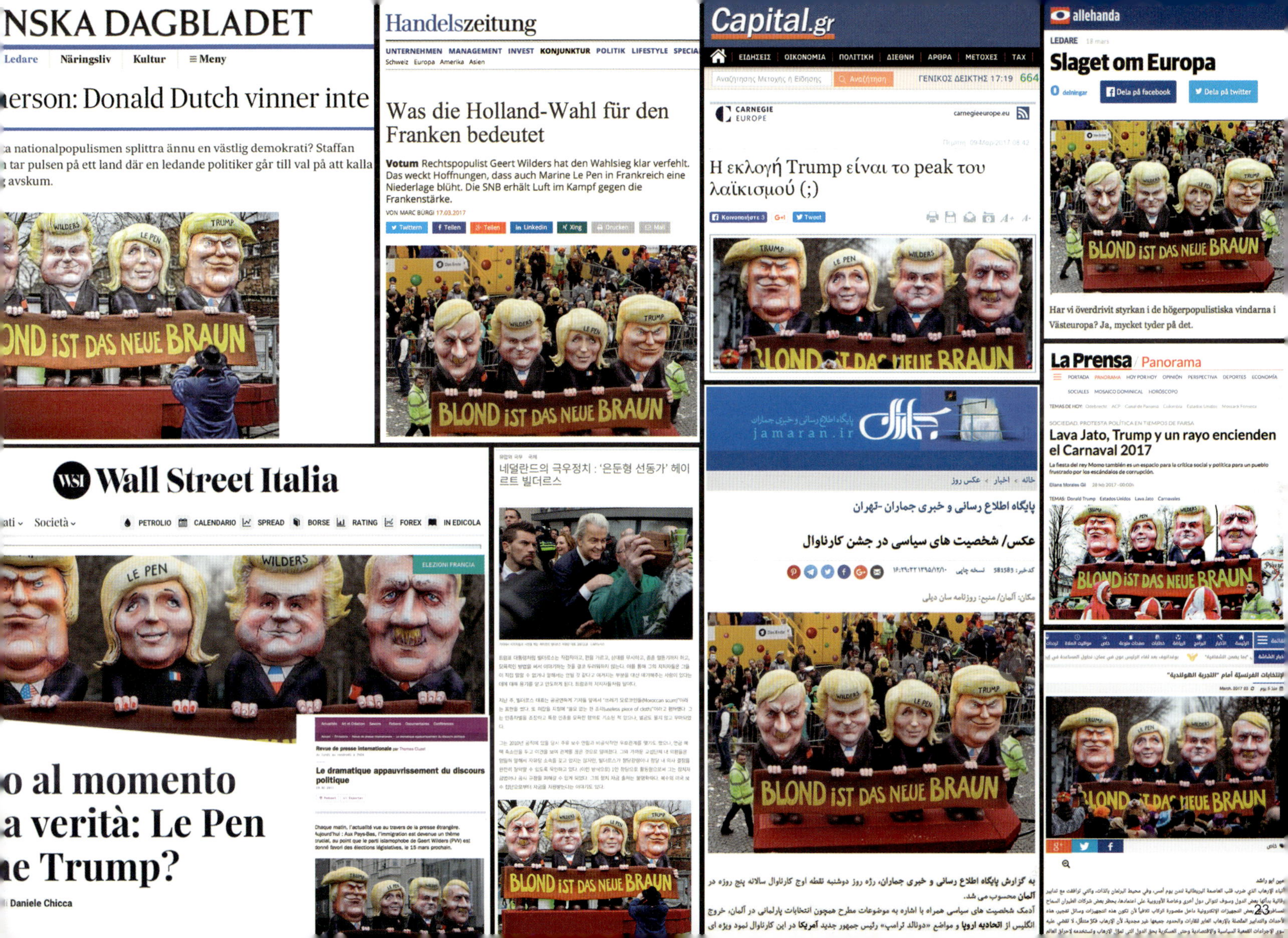

NSKA DAGBLADET

Ledare Näringsliv Kultur ≡ Meny

…erson: Donald Dutch vinner inte

…a nationalpopulismen splittra ännu en västlig demokrati? Staffan … tar pulsen på ett land där en ledande politiker går till val på att kalla … avskum.

Handelszeitung

UNTERNEHMEN MANAGEMENT INVEST KONJUNKTUR POLITIK LIFESTYLE SPECIA…

Schweiz Europa Amerika Asien

Was die Holland-Wahl für den Franken bedeutet

Votum Rechtspopulist Geert Wilders hat den Wahlsieg klar verfehlt. Das weckt Hoffnungen, dass auch Marine Le Pen in Frankreich eine Niederlage blüht. Die SNB erhält Luft im Kampf gegen die Frankenstärke.

VON MARC BÜRGI 17.03.2017

Capital.gr

ΕΙΔΗΣΕΙΣ ΟΙΚΟΝΟΜΙΑ ΠΟΛΙΤΙΚΗ ΔΙΕΘΝΗ ΑΡΘΡΑ ΜΕΤΟΧΕΣ ΤΑΧ

ΓΕΝΙΚΟΣ ΔΕΙΚΤΗΣ 17:19 664

CARNEGIE EUROPE carnegieeurope.eu

Η εκλογή Trump είναι το peak του λαϊκισμού (;)

allehanda

LEDARE 18 mars

Slaget om Europa

Dela på facebook Dela på twitter

Har vi överdrivit styrkan i de högerpopulistiska vindarna i Västeuropa? Ja, mycket tyder på det.

La Prensa Panorama

Lava Jato, Trump y un rayo encienden el Carnaval 2017

La fiesta del rey Momo también es un espacio para la crítica social y política para un pueblo frustrado por los escándalos de corrupción.

Wall Street Italia

PETROLIO CALENDARIO SPREAD BORSE RATING FOREX IN EDICOLA

ELEZIONI FRANCIA

…o al momento …a verità: Le Pen …e Trump?

Daniele Chicca

Revue de presse internationale

Le dramatique appauvrissement du discours politique

Chaque matin, l'actualité vue au travers de la presse étrangère. Aujourd'hui : Aux Pays-Bas, l'immigration est devenue un thème crucial, au point que le parti islamophobe de Geert Wilders (PVV) est donné favori des élections législatives, le 15 mars prochain.

네덜란드의 극우정치 : '은둔형 선동가' 헤이르트 빌더르스

jamaran.ir

پایگاه اطلاع رسانی و خبری جماران -تهران

عکس/ شخصیت های سیاسی در جشن کارناوال

مکان: آلمان/ منبع: روزنامه سان دیلی

به گزارش پایگاه اطلاع رسانی و خبری جماران، رژه روز دوشنبه نقطه اوج کارناوال سالانه پنج روزه در آلمان محسوب می شد.

الإنتخابات الفرنسية أمام "التجربة الهولندية"

*Arschloch. Verpissen Sie sich.

Blond ist das neue Braun ist Hetze und Diskriminierung gegenüber allen blonden hier in Deutschland lebenden Bürgern.

Ihr seid geschmacklose Schweine.

Düsseldorfer Feiglinge von erbärmlich jämmerlicher Art und Weise, kriechen der deutschen Politik in den Arsch.

Rassistisch blondenfeindliche Missgeburt, ich hoffe, dir rammt bald jemand ein Messer in den Hals wie Henriette Reker, du Untermenschenratte.

Tilly, du bist ein Idiot. Diese Kunst ist große Scheiße.

Linker Meinungsfaschist.

Jacques Tilly, mit Verlaub die Zeiten sind hart und Sie sind ein Arschloch erste Güte.

Systemhure.

Für die Verräterin Merkel habt ihr keinen Wagen, da seid ihr ja so erbärmlich niederträchtig feige.

Ich hoffe, dass euch kranke Subjekte der Blitz beim Scheißen trifft.

Rückgradloser Systemling.

Du Schwachmat solltest dich mal auf deinen Geisteszustand untersuchen lassen, hoffentlich zerren die Angesprochenen dich vor Gericht.

Und jetzt verpiss dich zu deinen grünen Kiffern und Kinderschänder- und Terroristenfreunden.

Der Stürmer war dagegen geradezu subtil.

Ab ins Gas mit euch.

Ich hoffe, für diesen kranken Scheiß werdet ihr zur Rechenschaft gezogen und Trump reißt euch die Ärsche auf.

Find ich gut, dass Tilly seine geistige Behinderung nicht versteckt und öffentlich zur Schau stellt.

Blond ist das neue Braun, das ist an Volksverrätertum nicht mehr zu überbieten.

Was ich dem Tilly an den Hals wünsche, schreibe ich hier besser nicht.

Dieser Tilly ist eine trübe linke, bis zum Erbrechen angepasste Type.

Jacques Tilly, eine links-grün-versiffte Tunte, ein naiver Schwachkopf.

*Auszüge aus Mails und Netzkommentaren zu den Wagen 2017

Linke Hasspropaganda in Pappmasche geklebt

Düsseldorf
EXPRESS
März 2017
1,00 €
Plan gegen
Hamburg 08
Seite 13
Stuttgart-Star in Klinik
Großkreutz:
Schlägerei
um 2 Uhr
morgens
Seite 15
Düsseldorfer Wagenbauer
Jacques
Tilly
mit Mord
bedroht
Seite 20
Seine provokanten Zug-Motive erregen in der ganzen Welt Aufmerksamkeit
England
Russland
USA
schnell schneller EXPRESS
Spargel früh dran
Millionen-Prämie bei Bayer
Schuss bei Hollande-Rede
Auslaufmodell Hauptschule
Der Witz
Nach Augenverletzung
Blitz-
Comeback
von Ayhan?
Seite 11
Unfassbare Tat in Brandenburg
Oma-Killer
fährt zwei
Polizisten tot
Seite 4
EXPRESS-Ranking
So fasten die Deutschen
AOK warnt: Hier drohen
Risiken bei Operationen
Mann des Tages

Jacques Tilly mit Anti-Brexit-Aktivist Peter French

DER RINDERWAHN KAM WOHL NICHT ZUFÄLLIG AUS ENGLAND.

JETZT IST DAS LAND AUCH NOCH DEM BREXIT-WAHN VERFALLEN,

DENN ES IST DABEI, KOLLEKTIVEN SELBSTMORD ZU BEGEHEN.

BIS AUF DIE ENGLÄNDER SELBST SIEHT ALLE WELT KLAR UND DEUTLICH,

DASS ENGLAND MIT DIESEM VÖLLIG HIRNLOSEN SCHRITT

ZÜRUCK ZUM NATIONALSTAAT POLITISCH UND ÖKONOMISCH

NUR VERLIEREN KANN. Tilly

Die Geburt des Brexit | 2017

Gewidmet dem prominenten Anti-Brexit-Aktivisten Peter French

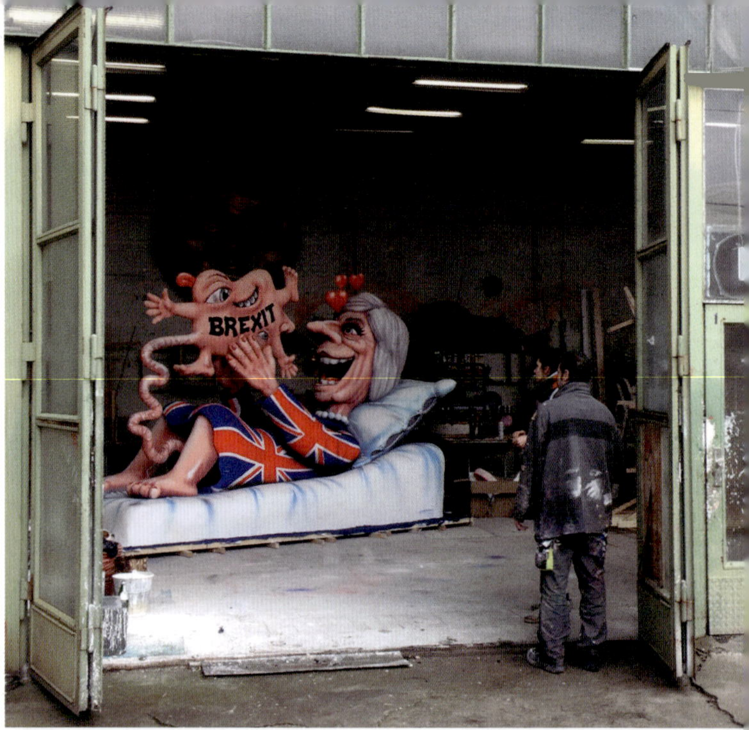

BREXIT

PRINCIPAL
PRINCIPAL
PRINCIPAL
TO
BREXIT

Die Missgeburt | 2017

March for Europe, Manchester

Good Luck, Great Britain! | 2017

Übergabe des Wagens an Peter French, Düsseldorf

Rechts: Rosenmontag, Düsseldorf

National March to Parliament, London

March for Europe, Leeds

THERESA MAY
BREXIT
GOOD LUCK, GREAT BRITAIN!
WDR
FEINKOST GESCHMACKSSACHEN

LANGHAM STREET W1
BREXIT

BREXIT

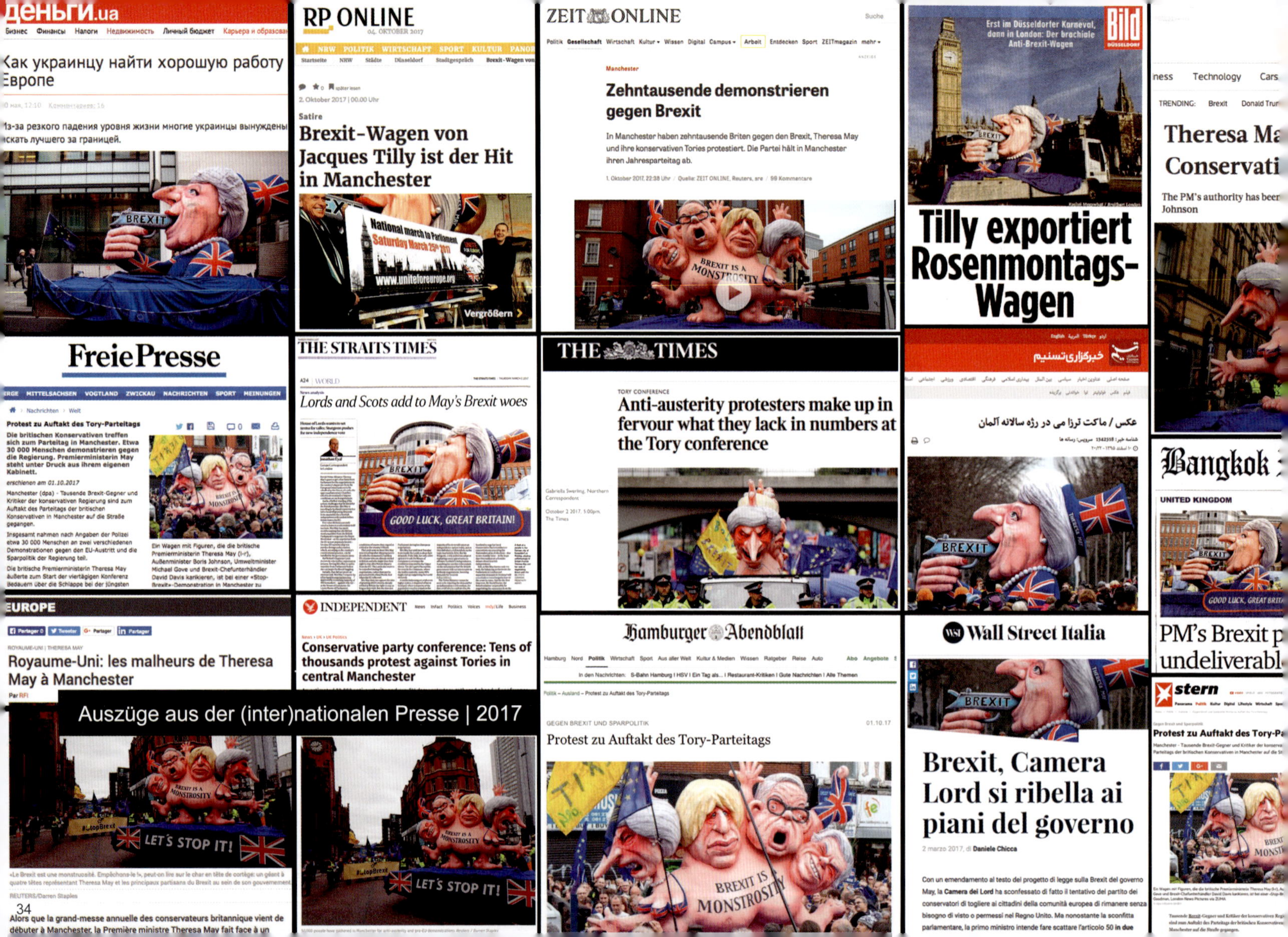

деньги.ua

Бизнес Финансы Налоги Недвижимость Личный бюджет Карьера и образование

Как украинцу найти хорошую работу в Европе

Из-за резкого падения уровня жизни многие украинцы вынуждены искать лучшего за границей.

RP ONLINE

04. OKTOBER 2017

NRW POLITIK WIRTSCHAFT SPORT KULTUR PANORAMA

Startseite NRW Städte Düsseldorf Stadtgespräch Brexit-Wagen von

2. Oktober 2017 | 00.00 Uhr

Satire

Brexit-Wagen von Jacques Tilly ist der Hit in Manchester

Vergrößern

ZEIT ONLINE

Politik Gesellschaft Wirtschaft Kultur Wissen Digital Campus Arbeit Entdecken Sport ZEITmagazin mehr

Manchester

Zehntausende demonstrieren gegen Brexit

In Manchester haben zehntausende Briten gegen den Brexit, Theresa May und ihre konservativen Tories protestiert. Die Partei hält in Manchester ihren Jahresparteitag ab.

1. Oktober 2017, 22:38 Uhr / Quelle: ZEIT ONLINE, Reuters, sre / 99 Kommentare

Bild DÜSSELDORF

Erst im Düsseldorfer Karneval, dann in London: Der brachiale Anti-Brexit-Wagen

Tilly exportiert Rosenmontags-Wagen

ness Technology Cars

TRENDING: Brexit Donald Trump

Theresa Ma… Conservati…

The PM's authority has been … Johnson

Freie Presse

ERGE MITTELSACHSEN VOGTLAND ZWICKAU NACHRICHTEN SPORT MEINUNGEN

Nachrichten › Welt

Protest zu Auftakt des Tory-Parteitags

Die britischen Konservativen treffen sich zum Parteitag in Manchester. Etwa 30 000 Menschen demonstrieren gegen die Regierung. Premierministerin May steht unter Druck aus ihrem eigenen Kabinett.

erschienen am 01.10.2017

Manchester (dpa) - Tausende Brexit-Gegner und Kritiker der konservativen Regierung sind zum Auftakt des Parteitags der britischen Konservativen in Manchester auf die Straße gegangen.

Insgesamt nahmen nach Angaben der Polizei etwa 30 000 Menschen an zwei verschiedenen Demonstrationen gegen den EU-Austritt und die Sparpolitik der Regierung teil.

Die britische Premierministerin Theresa May äußerte zum Start der viertägigen Konferenz Bedauern über die Schlappe bei der jüngsten

Ein Wagen mit Figuren, die die britische Premierministerin Theresa May (l-r), Außenminister Boris Johnson, Umweltminister Michael Gove und Brexit-Chefunterhändler David Davis karikieren, ist bei einer «Stop-Brexit»-Demonstration in Manchester zu

THE STRAITS TIMES

A24 | WORLD

News analysis

Lords and Scots add to May's Brexit woes

House of Lords wants to set terms for talks; Sturgeon pushes for new independence vote

Jonathan Eyal

THE TIMES

TORY CONFERENCE

Anti-austerity protesters make up in fervour what they lack in numbers at the Tory conference

Gabriella Swerling, Northern Correspondent

October 2 2017, 5:00pm, The Times

خبرگزاری تسنیم

عکس / ماکت ترزا می در رژه سالانه آلمان

Bangkok …

UNITED KINGDOM

PM's Brexit p… undeliverabl…

EUROPE

ROYAUME-UNI | THERESA MAY

Royaume-Uni: les malheurs de Theresa May à Manchester

Par RFI

Auszüge aus der (inter)nationalen Presse | 2017

«Le Brexit est une monstruosité. Empêchons-le !», peut-on lire sur le char en tête de cortège: un géant à quatre têtes représentant Theresa May et les principaux partisans du Brexit au sein de son gouvernement.

REUTERS/Darren Staples

Alors que la grand-messe annuelle des conservateurs britannique vient de débuter à Manchester, la Première ministre Theresa May fait face à un

INDEPENDENT

News UK UK Politics

Conservative party conference: Tens of thousands protest against Tories in central Manchester

Hamburger Abendblatt

Hamburg Nord Politik Wirtschaft Sport Aus aller Welt Kultur & Medien Wissen Ratgeber Reise Auto

In den Nachrichten: S-Bahn Hamburg | HSV | Ein Tag als... | Restaurant-Kritiken | Gute Nachrichten | Alle Themen

Politik › Ausland › Protest zu Auftakt des Tory-Parteitags

GEGEN BREXIT UND SPARPOLITIK 01.10.17

Protest zu Auftakt des Tory-Parteitags

Wall Street Italia

Brexit, Camera Lord si ribella ai piani del governo

2 marzo 2017, di **Daniele Chicca**

Con un emendamento al testo del progetto di legge sulla Brexit del governo May, la **Camera dei Lord** ha sconfessato di fatto il tentativo del partito dei conservatori di togliere ai cittadini della comunità europea di rimanere senza bisogno di visto o permessi nel Regno Unito. Ma nonostante la sconfitta parlamentare, la primo ministro intende fare scattare l'articolo 50 **in due**

stern

Protest zu Auftakt des Tory-Pa…

Manchester - Tausende Brexit-Gegner und Kritiker der konservativen … Parteitags der britischen Konservativen in Manchester auf die S…

WEEK

tfolio | People | Sport | Subscriptions | Offers

eremy Corbyn | Theresa May | Oil price | Email newsletter sign-up

s for her political life as erence opens

ner intervention from Boris

›aktuality.sk

SPRÁVY | EKONOMIKA | ŠPORT | ŽIVOT | TV PROGRAM | POČASIE | HOROSKOPY | FAIR PLAY M. KOVAČIČA

02.10.2017, 07:15 | Zahraničné správy

Tisíce ľudí protestovali v Manchestri proti brexitu i vláde

NRZ

Die Briten wollen Tilly

Brexit-Wagen des Künstlers soll am 25. März „March of Europe" in London anführen

Von Paulina Meissner

Über eine ist Woche ist es nun her, dass die bunten Karnevalswagen von Jacques Tilly durch die City zogen. Doch während ein Großteil von ihnen bereits zerstört wurde, geht für ein Vehikel die Reise jetzt erst richtig los. Die Rede ist vom „Brexit-Wagen", der Premierministerin Theresa May mit einer Waffe im Mund zeigt und den „Akt des Selbstmordes" Englands durch den Brexit darstellen soll. „Der Brexit musste kommentiert werden, damit nicht nur Trump-Wagen fahren", sagt Tilly mit einem Augenzwinkern. Das sehen die Engländer wohl ähnlich, denn kurze Zeit später kam die Anfrage, den May-Wagen zu übernehmen. Peter French, von der Organisation „United for Europe", gestern zu Besuch in Tillys Wagenbauhalle, sieht in dem Werk das Symbol der Anti-Brexit-Bewegung.

„Darf ich mal anfassen?" Peter French zu Gast in der Wagenbauhalle. FOTO: PAULINA MEISSNER

Und er zeigt sich optimistisch, dass der Brexit noch abgwendet werden kann: „Ich glaube absolut, dass wir das gewinnen können", betont der Mann mit dem gar nicht so britischen Namen. Ein genaues Datum der Übergabe steht jedoch noch nicht fest. Der Wagen soll mithilfe eines Lkw und einer Fähre sicher – und vor allem heil – auf die Insel gebracht werden, das muss gut geplant sein.

Doch spätestens am 25. März wird er dann in London stehen, denn dann soll er die Parade des „March of Europe" anführen. „Das wird ein Symbol für uns alle", ist sich French sicher. Als der Marsch im vergangenen Dezember angekündigt wurde, reagierte lediglich eine Zeitung darauf. Doch seitdem feststeht, dass der May-Wagen nach England kommt, wächst das Interesse immer weiter. Man könne mit 100 000 Teilnehmern rechnen, so French. Startpunkt soll die Parklane sein, das „Herz von London", und dann geht es weiter quer durch die Stadt.

Zeitgleich findet vormittags am Burgplatz in Düsseldorf eine Parallel-Veranstaltung statt. Dafür werden auch nochmal zwei weitere Wagen von Tilly vorgefahren. Einmal der so genannte „Blondinen-Wagen" (Blond ist das neue Braun) und die Raupe, die das „Blatt der Demokratie" frisst. Dazu will Tilly eine Rede halten. In London kann er daher nicht persönlich sein. Per Videobotschaft will er sich dann an die Engländer wenden.

Pläne für ein weiteres Projekt im Sommer stehen auch schon fest. Diese Wagen, so Tilly, seien einfach „ein Türöffner, der Emotionen weckt" und stärker sei als Forderungen oder Plakate.

Worcester News

News | Sport | We're Backing Worcester | Your Say | E-editions | What's On

News | We're Backing Worcester | Worcester | Regional | Business | Education | Letters

8 hrs ago

Dozens of Worcestershire for Europe activists join Stop Brexit march in Manchester during Conservative Party Conference

Matthew Dresch @matthewdresch
Reporter

PROTEST: Worcestershire For Europe activisits travelled to Manchester to participate in the 'Stop Brexit' march on Sunday.

W.E. DONNERSTAG, 9. MÄRZ 2017

Tilly-Plastik führt Großdemo in London an

Das Motiv des Düsseldorfer Wagenbauers soll am 25. März an der Spitze des „March for Europe" rollen.

Von Peter Kurz

Düsseldorf. Die E-Mail aus Großbritannien erreicht Jacques Tilly, den Wagenbauer des Düsseldorfer Rosenmontagszugs, gerade noch rechtzeitig. Wie nach jedem Karneval ist er gerade dabei, die Mottowagen, die wegen ihrer politischen Brisanz in diesem Jahr besonders polarisiert hatten, kaputt zu machen. Da kommt von der Insel die Bitte: Können wir die Plastik mit dem Motiv zum Brexit haben? Tilly stoppt das Werk der Zerstörung und sagt spontan zu, als er hört, was die Briten damit vorhaben: Am 25. März soll die Plastik, die die britische Premierministerin zeigt, als sie sich gerade eine Pistole mit der Aufschrift „Brexit" in den Mund steckt, in London das Zugpferd für 100 000 Menschen sein. Als Anführer des „March for Europe",

FrankfurterRundschau

The New York Times

EUROPE

Boris and Brexit Sour British PM Theresa May's Party in Manchester

By REUTERS OCT. 2, 2017, 12:45 P.M. E.D.T.

MANCHESTER, England — Besides her own diminished authority, Prime Minister Theresa May has been forced to contend with two major distractions in Manchester that threaten to rip her ruling Conservative Party apart: Brexit and her ambitious foreign minister, Boris Johnson.

EL MUNDO España | Opinión | Economía | Internacional | Deportes | Sociedad | Cultura | Tv

Internacional

Miles de británicos, contra el "monstruo" del Brexit

De Telegraaf

Conservatieven gaan rollebollend over straat

Door JOOST VAN MIERLO
02 okt. 2017 in FINANCIEEL

MANCHESTER - De eenheid binnen de Conservatieve partij is ver te zoeken. Rollebollend en komen de partijleden dezer dagen in Manchester bij elkaar voor het jaarlijkse partijcongres. niet meer het enige onderwerp van onenigheid.

KACZYŃSKI UND ORBÁN

SEIT BEGINN IHRER AMTSZEIT HAT DIE IN POLEN REGIERENDE PIS-PARTEI DEN DEMOKRATISCHEN RECHTSSTAAT STÜCK FÜR STÜCK DEMONTIERT. DIE REGIERUNG ÜBERSCHÜTTET DEN RECHTSSTAAT MIT EINEM GIFTIGEN GEMISCH AUS FREMDENHASS, PATRIOTISMUS UND KLERIKALFASCHISMUS.

IN UNGARN SIEHT ES NICHT BESSER AUS,
AUCH HIER WIRD DIE DEMOKRATIE UNGESTÖRT ENTKERNT.
BEIDE LÄNDER HABEN IN DER EU EIGENTLICH NICHTS MEHR VERLOREN. TILLY

Die offene Gesellschaft und ihre Feinde – Raupen | 2017

PUTIN
ERDOGAN
DEMOKRATIE
KACZYNSKI
ORBAN
TRUMP

Polnische „Demokratie“ unter Jarosław Kaczyński | 2016

Der Mottowagen sorgte beim polnischen Außenminister Witold Waszczykowski für derartige Empörung, dass er in Berlin mit einem diplomatischen Nachspiel drohte. Der Wagen sei eine „Verachtung der Polen und der polnischen Politiker“.

KACZYNSKI
POLEN

DIKTATUR
POLNISCHE REGIERUNG
DEMOKRATIE
KA-CZYN-SKI

Demokratiefresser | 2017

Rechte Kerle fröhlich vereint – Viktor Orbán und Jarosław Kaczyński | 2018

RECHTE
DIKTA
TUREN
POLEN
NGARN
GESCHMACKSSACHEN
Marktplatz 9
Ausgang
Exit
SEELSORGE

Gąsienice Tour 2017/2018

- Przejechaliśmy po Polsce ok. 15.000 km
- Gościliśmy w ponad 300 miejscowościach
- Objechaliśmy 13 województw
- Rozdaliśmy ponad 60.000 ulotek

NRZ NDF03 | NR.65

Samstag, 17. März 2018

Tillys erfolgreichster Mottowagen aller Zeiten

Ein Wagen von 2017 tourte jetzt quer durch Polen und kritisierte die rechtspopulistische Entwicklung im Land

Von Linda Wiethaus

Der Wagen am Ende seiner „Raupentour" auf dem Marktplatz in Krakau. Er bringt die Leute ins Gespräch über ihre Regierung, die Demokratie und den Populismus. FOTO: OH

Jacques Tillys Mottowagen macht Politik in Polen. FOTO: FEDERICO GAMBARINI

Die Karnevalswagen von Jacques Tilly sind beim Rosenmontagsumzug von den Straßen Düsseldorfs nicht mehr wegzudenken. Einer der Wagen hat sich nach seinem Auftritt im Düsseldorfer Karneval 2017 jetzt auch noch auf eine 15 000 Kilometer lange Reise quer durch Polen gemacht. „Es ist schön, wenn meine Wagen nicht nur die Politik kommentieren, sondern Politik machen", sagt Jacques Tilly.

Ein Wagen aus der Session 2017, das grüne „Demokratie-Blatt", das von rechtspopulistischen Raupen zerfressen wird, hat Politik gemacht. Nach der Karnevalszeit kamen tschechische Aktivisten auf Tilly zu, die sich den Wagen für eine Aktion ausleihen wollten.

„Die tschechischen Aktivisten haben den Wagen dann an polnische Aktivisten weitergegeben. Da wusste ich am Anfang gar nichts von", erzählt Tilly. Die KOD (Komitee zur Verteidigung der Demokratie) setzt sich in Polen für die Demokratie ein. Sie haben den Wagen wetterfest gemacht und für eine Tour vorbereitet.

Die „Raupentour" führte das Demokratie-Blatt quer durch Polen. 15 000 Kilometer hat der Wagen zurückgelegt und wurde dabei in 300 Städten gezeigt. Jaroslaw Kaczynski, Führer der polnischen Regierungspartei PiS, ist eine der Raupen, die die Demokratie zerfressen.

„In Polen gibt es im Moment zwei Lager: ein demokratisches und ein rechtskonservatives. Der Wagen bringt beide Seiten ins Gespräch", so Tilly. Das ist das Ziel der Aktion: „Der Wagen entfacht dort eine Diskussion, wo die Demokratie mit den Mitteln der Staatsgewalt ausgehöhlt wird." Deswegen wurden auch 60 000 Flugblätter auf der Tour verteilt, die den Unterschied zwischen Demokratie und Rechtspopulismus erklären. „Ich glaube, das Demokratie-Blatt ist der erfolgreichste Mottowagen, den ich je gebaut habe", sagt Jacques Tilly.

Zum Abschluss der Tour wurde Tilly von den Aktivisten der KOD nach Krakau eingeladen, um auf dem Marktplatz eine Rede zu halten. Die Rede hat er auf Deutsch gehalten. Während er gesprochen hat, hat er mehrmals eine Pause gemacht, so dass die Rede für die Zuhörer übersetzt werden konnte. „Während der Rede haben immer wieder Leute versucht, mich durch Zwischenrufe zu unterbrechen", berichtet er. Auch während der Tour wurde der Wagen einmal mit Farbbeuteln beschmissen. Die Gegner sagen, sein Wagen seien „polenfeindlich". „Meine Wagen sind nicht polenfeindlich, sie sind einfach nur Kaczynski-feindlich", erklärt Tilly.

„Auch Kaczynski und seine Clique müssen begreifen, dass Kritik kein Verrat, kein krimineller Akt, keine Schurkerei ist. Sondern Kritik ist ein legitimes und unverzichtbares Instrument einer gesunden demokratischen Streitkultur", so Jacques Tilly in seiner Rede auf dem Marktplatz in Krakau.

Nachdem sich tschechische Aktivisten den Raupenwagen für Protestkundgebungen in Prag geliehen hatten, wurde dieser anschließend auf eine 15.000 km lange Tour durch 300 polnische Städte geschickt. Auch nach Krakau, wo Jacques Tilly 2018 auf Einladung der polnischen Demokratiebewegung KOD (Komitee zur Verteidigung der Demokratie) bei einer Großdemonstration sprach und zur Unterstützung den Orbán-Kaczyński-Wagen mitbrachte.

PUTIN

KRITIK AN PUTIN WIRD IN RUSSLAND SCHNELL ZUM "STAATSVERBRECHEN", INDEM KRITIK GANZ EINFACH MIT TERRORISTISCHEM EXTREMISMUS GLEICHGESETZT UND SODANN VERFOLGT WIRD.
KRITIKER LANDEN IM ARBEITSLAGER ODER WERDEN GLEICH GANZ BESEITIGT.
ZUGLEICH FEIERT DIE STALIN-VEREHRUNG FRÖHLICHE URSTÄNDE. SO BLEIBT IN RUSSLAND ALLES, WIE ES SCHON IMMER WAR: FINSTER. Tilly

MILITÄR
WIRTSCHAFT

Der „starke“ Mann in Moskau | 2015

Free Pussy Riot | 2013

Putin und die orthodoxe Kirche | 2014

Muskelspielchen auf der Krim | 2014

Putins Pressefreiheit | 2009

Putin nach dem Zoch | 2014

TRUMP

TRUMP IST NICHT EINFACH NUR EIN IRRER UND BÖSARTIGER NARZISS. NACH KNAPP ZWEI JAHREN TRUMP IM WEISSEN HAUS WISSEN WIR: TRUMPS POLITIK IST LUPENREINER, ZUTIEFST RASSISTISCHER FASCHISMUS. WOLLEN WIR HOFFEN, DASS DIE DEMOKRATISCHEN INSTITUTIONEN SEINES LANDES LANGFRISTIG STÄRKER SIND ALS DIE TIRADEN DIESES MUSSOLINI-VERSCHNITTS. Tilly

Make Fascism great again! | 2016

»MAKE FASCISM GREAT AGAIN!«
IOWA
TRUMP
2016

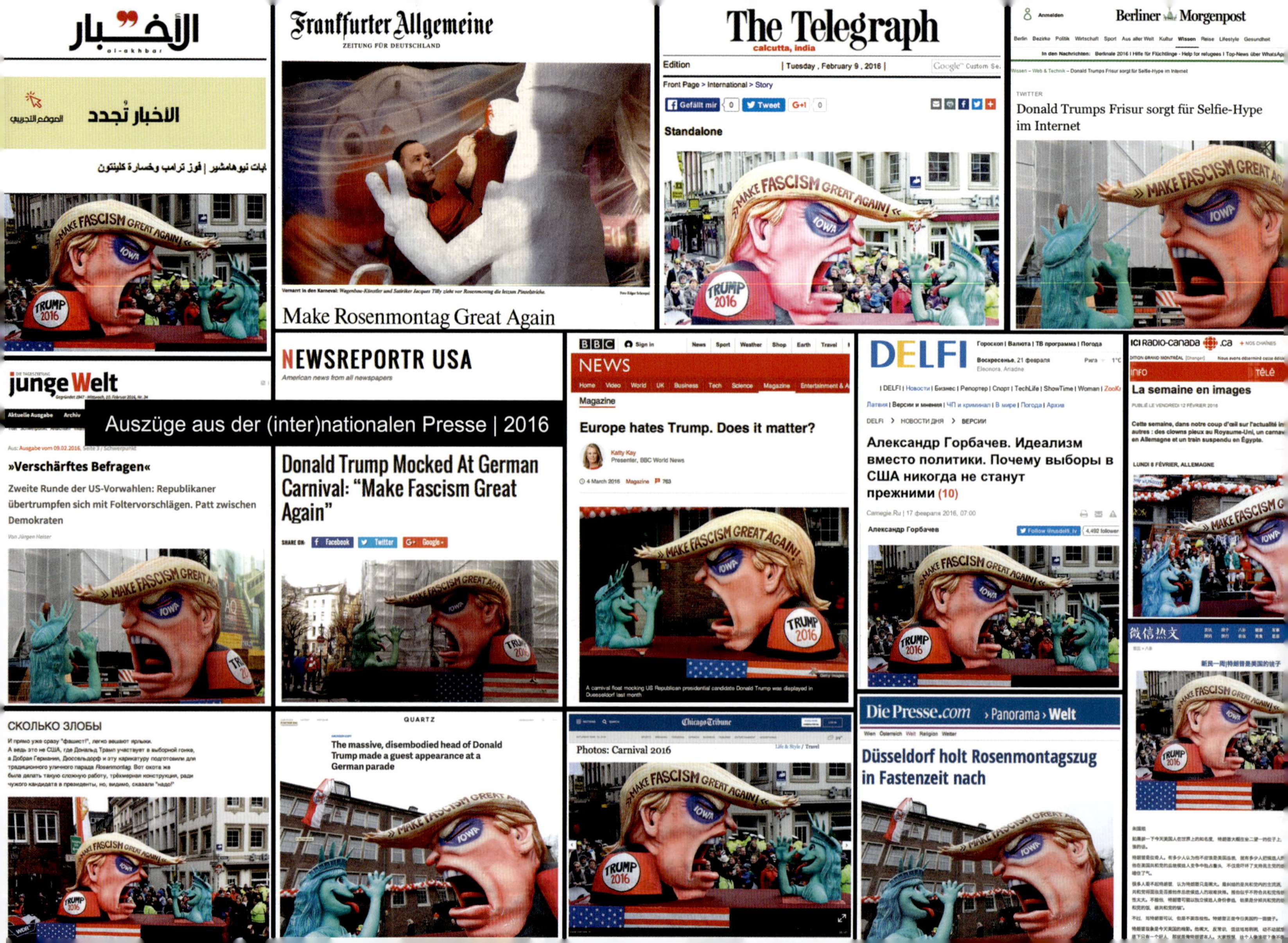

Auszüge aus der (inter)nationalen Presse | 2016

UberTopic
Donald Trump Apparently Polls Pretty Poorly in Düsseldorf
THE WEEK
TRUE ACTIVIST
German Carnival Mocks Trump With "Make Fascism Great Again" Float, And They're Not Far Off
This German float mocks Trump for being fascist, but they may be right.
SPIEGEL ONLINE FOTOSTRECKE
Rosenmontagsumzug: Die Düsseldorfer Karnevalswagen
Κολωνία - Μάιντς: Ξεφάντωμα στο Καρναβάλι της Γερμανίας
THE CABLE
Donald Trump Apparently Polls Pretty Poorly in Düsseldorf
Officials in Düsseldorf, a town in western Germany, were forced to cancel their annual carnival parade Monday due to inclement weather. That's too bad, because one float had a hell of a take on GOP presidential frontrunner Donald Trump.
It's unclear who made the float, pictured above and below, but it's clear they aren't a fan of Trump's politics. A large representation of Trump's famous coif, complete with a black eye — to signify his recent loss in the Iowa caucus — and the phrase, "Make Fascism Great Again," was set to be part of the annual pre-Lent parade, known as Rosenmontag, or Rose Monday. It shows Trump shouting down the Statue of Liberty.
Check a few more photos out below, from a country that knows quite a bit about the dangers of fascism.
International
The New York Times
Carnival Forecast: A Storm of Satire
Los Andes
Donald Trump está de moda hasta en Alemania
Spezialinfo
stern-RTL-Wahltrend: AfD wieder unter 10-Prozent-Marke - Breite Mehrheit gegen einen US-Präsidenten Donald Trump
Frankfurter Allgemeine Politik
Kein Zoch, aber beißende Kritik
lapatilla
Las mejores fotos de la semana
Hartford Courant
'Make Fascism Great Again'
'Make fascism great again': German Carnival float mocks Donald Trump
Выборы "для чайников": все об избирательной кампании в США
vårt land
Donald Trumps Frisur sorgt für Selfie-[…]pe im Internet
MAKE FASCISM GREAT AGAIN!
IOWA
TRUMP 2016
NSA
DROHNE

Fucking Trump | 2017

America, resist! | 2017

Klimaschutz? Nein Danke! | 2018

Im Auftrag von Greenpeace entwarf Jacques Tilly eine Figur zum G20-Gipfel in Hamburg gegen den Ausstieg der USA aus dem Pariser Klimaschutzabkommen.

PRO-
TEC-
TION

CLI-
MATE
PRO-
TEC-
TION

CLI-
MATE

CLI-
MATE
PRO-
TEC-
TION
TIME FOR A CHANGE

TIME FOR A
CHANGE
JACQUES
TILLY
TEAM

CLI-
MATE
PRO-
TEC-
TION
TIME FOR A CHANGE
GREENPEACE

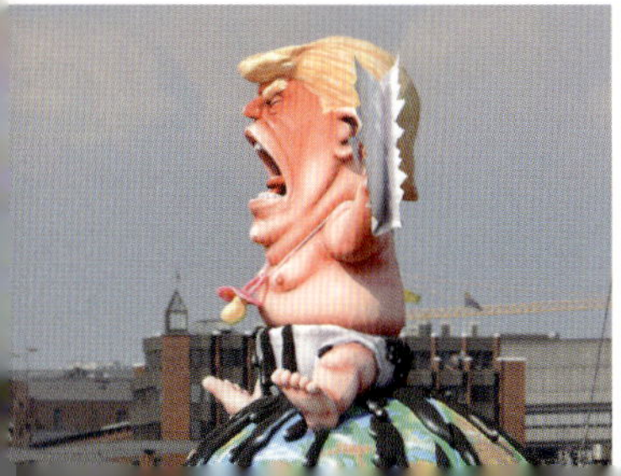

TIME FOR A
CHANGE
GREENPEACE
CLI-
MATE
PRO-
TEC-
TION
TIME FOR A CHANGE
GREENPEACE
N 312 B
GREENPEACE 67

IDIOTISCHE INTERVENTIONSPOLITIK

ES GIBT EINE FRAGWÜRDIGE TENDENZ IM POLITISCHEN DISKURS, ALLE MISEREN DIESER WELT DEN USA IN DIE SCHUHE ZU SCHIEBEN.
ABER IN BEZUG AUF DEN NAHEN OSTEN KANN MAN NUR SAGEN: STIMMT GENAU! DURCH EINE EXTREM KURZSICHTIGE ODER AUCH EINFACH NUR IDIOTISCHE INTERVENTIONSPOLITIK SEIT 1953 HAT AMERIKA DIE MEISTEN AKTUELLEN ÜBEL IN DIESER WELTREGION SELBST PRODUZIERT. CIA IST DIE ABKÜRZUNG FÜR „CENTRAL INTELLIGENCE AGENCY". WAS IN DIESEM ZUSAMMENHANG DAS WORT INTELLIGENZ BEDEUTEN SOLL, BLEIBT EIN RÄTSEL. Tilly

GOD BLESS AMERICA

God bless America – Westliche Werte in den Nahen Osten bomben | 2005

Chaos und Terror ernten | 2007

Die Geister, die man schuf –
Idiotische Irak-Politik | 2015

ISLAMISCHER
STAAT

Osama Bin Baden | 2008

OSAMA
BIN BADEN

MEINUNGSFREIHEIT UND RELIGION

RELIGIONEN IM ALLGEMEINEN UND DER ISLAM
IM BESONDEREN HABEN SO IHRE SCHWIERIGKEITEN
MIT DER MEINUNGSFREIHEIT. DENN WER ABSOLUTE
WAHRHEITEN VERKÜNDET, NEIGT DAZU, ANDERE
SICHTWEISEN ALS ABSOLUTE LÜGEN ANZUSEHEN.
FUNDAMENTALE KRITIK WIRD DANN LEICHT ZUR
„GOTTESLÄSTERUNG" ERKLÄRT.
UND WER GOTT AUF SEINER SEITE WÄHNT,
DER IST ZU ALLEM FÄHIG. Tilly

IS
AL-QAIDA
SCHMACKSSACHEN
SÜSSES
WDR
TERROR-WETTKAMPF

Terror-Wettkampf | 2015

Klischee und Wirklichkeit | 2007

Straße
Königsallee
WIRKLICHKEIT
KLISCHEE

ISLAMISIERUNG

Das Ende des arabischen Frühlings | 2012

Salafisten – Da ham wa den Salat | 2014

SALAT-
FISTEN
DA HAM WA DEN SALAT!

SchleierHaft | 2011

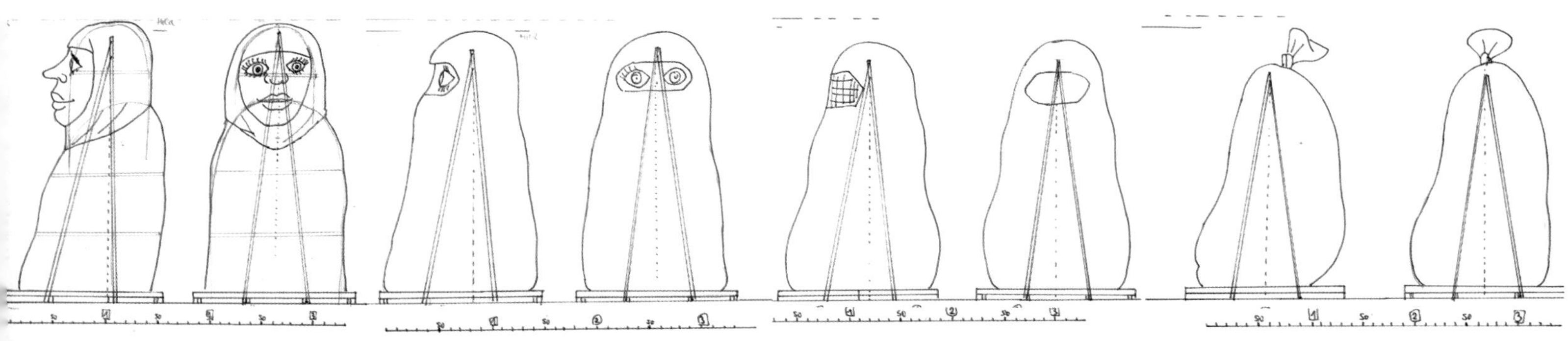

TERROR...
...HAT NICHTS...
...MIT RELIGION ZU TUN
POLIZEI

SATIRE
KANN MAN
NICHT
TÖTEN!

Charlie Hebdo | 2015

Satire trifft Religion – Karikaturenstreit | 2010

Bombenstimmung | 2016

Majestätsbeleidigung – Erdoğan und die Satire | 2017

DIE BISHERIGE BILANZ DES TÜRKISCHEN PRÄSIDENTEN ERDOGAN: 130.000 ENTLASSENE STAATSBEDIENSTETE, 70.000 VERHAFTUNGEN UND ETWA 150 INHAFTIERTE JOURNALISTEN, SOVIELE WIE IN KEINEM ANDEREN LAND DER WELT.
GETRIEBEN VON MACHTGIER UND GRÖSSENWAHN HAT ERDOGAN DAS LAIZISTISCHE ERBE ATATÜRKS VERNICHTET UND DIE TÜRKEI ZU EINEM EINZIGEN GEFÄNGNIS GEMACHT.
ER IST NICHT DER RETTER, ER IST DER TOTENGRÄBER DER FREIEN TÜRKEI. Tilly

TÜRKEI

Erdoğan verbrüdert sich mit dem IS gegen die Kurden | 2016

IS
KUR
DEN
ERDOGAN

WER MEINE
RELIGIÖSEN GEFÜHLE
VERLETZT, DEM
POLIER ICH DIE FRESSE

AUF DEN MISSBRAUCHSSKANDAL REAGIERTE DIE KATHOLISCHE KIRCHE MIT IHRER ALTBEWÄHRTEN STRATEGIE: DIE OPFER IGNORIEREN UND DIE TÄTER SCHÜTZEN. DURCH DIE RIESIGE KLUFT ZWISCHEN DEN PROPAGIERTEN HOHEN IDEALEN UND DER TRAURIGEN REALITÄT HAT DIE KIRCHE SELBST DAFÜR GESORGT, DASS SIE ZU EINEM BEVORZUGTEN SUJET DER SATIRIKER GEWORDEN IST. Tilly

Bei
uns
ist
jeden
Tag
Weltjugendtag

Missbrauch in der Kirche – Bei uns ist jeden Tag Weltjugendtag | 2011

Mantel des Schweigens | 2013

Verschweigen &
vertuschen
MI SS BR AU CH SF ÄL LE

KARDINAL
MEISSNER
ICH
HABE
ABGE-
TRIEBEN!
Traditionspflege

Traditionspflege | 2005

In seinem Predigttext vom Dreikönigstag 2005 verglich Kardinal Meissner das Recht auf Abtreibung mit den Verbrechen an Menschen durch Hitlers Holocaust und Stalins Gulags.

NIE
WIEDER!

Nie wieder schwarze Pädagogik – Die Prügelnonne | 2010

Berliner Demonstration misshandelter ehemaliger Heimkinder für Entschädigungen, Entschuldigungen, Schmerzensgeld und Kostenübernahme für therapeutische Unterstützung seitens der Kirchen.

Nächstenhiebe | 2015

Zitat von Papst Franziskus bei seiner Generalaudienz am 4. Februar 2015: „Einmal habe ich einen Vater bei einem Treffen mit Ehepaaren sagen hören: ‘Ich muss manchmal meine Kinder ein bisschen schlagen, aber nie ins Gesicht, um sie nicht zu demütigen.’ [...] Wie schön! Er weiß um den Sinn der Würde. Er muss sie bestrafen, aber tut es gerecht und geht dann weiter.“

„Un buon padre sa attendere e sa perdonare, dal profondo del cuore. Certo, sa anche correggere con fermezza: non è un padre debole, arrendevole, sentimentale. Il padre che sa correggere senza avvilire è lo stesso che sa proteggere senza risparmiarsi. Una volta ho sentito in una riunione di matrimonio un papà dire: ‘Io alcune volte devo picchiare un po’ i figli … ma mai in faccia per non avvilirli.’ Che bello! Ha senso della dignità. Deve punire, lo fa in modo giusto, e va avanti.“

» SCHLAGEN,
ABER MIT
WÜRDE «
VATIKAN
Nächstenhiebe

Weltjugendtag Köln | 2005
Mit Moralkonzepten aus der Steinzeit Antworten auf das 21. Jahrhundert finden.

6.-21.August 2005
eltjugendtag Köln

Antisemi-
tismus
PIUS-
BRÜDER
BISCHOF
WILLIAM-
SON

Erzbistum Köln
Generalvikariat | Herr Kardinal Meisner
Marzellenstr. 32
50668 Köln

Düsseldorf 25.2.2009

Offener Brief an Kardinal Joachim Meisner

Sehr geehrter Kardinal Joachim Meisner,

der aktuellen Presse ist zu entnehmen, dass Sie sich sehr über den von mir entworfenen und gebauten Düsseldorfer Papstwagen echauffiert haben. Sie fahren sogar richtig schwere Geschütze auf. Deshalb erlauben Sie mir, ihren Kommentar nicht unwidersprochen zu lassen. Der Wagen ist keine Verfälschung, sondern eine sachlich korrekte Wiedergabe der Tatsachen. Papst Benedikt hat mit der Aufhebung der Exkommunikation den Pius-Brüdern die Hand gereicht. Nichts anderes zeigt der Wagen. Und für wen eigentlich ist der Wagen verletzend? Wenn sich jemand angegriffen fühlen darf, dann doch wohl nur Bischof Williamson und seine antisemitischen Gesinnungsgenossen. Der Papst hingegen wird doch geradezu geschont. Diese Pius-Brüder, die ich nach all meinen Recherchen nur als Klerikalfaschisten bezeichnen kann, wollen Sie doch wohl nicht ernsthaft in Schutz nehmen? So große Kübel voll mit Spott und Hohn gibt es gar nicht, die man über derartig stockdumme Holocaustleugner schütten müsste. Der Karneval ist doch dazu da, die aktuellen Entwicklungen in Politik, Wirtschaft, Kultur und Religion satirisch auf die Schippe zu nehmen. Und wenn Gottes Stellvertreter auf Erden mal einen solch kapitalen Fehler macht, und das ausgerechnet kurz vor Karneval, sind wir Karnevalisten doch geradezu verpflichtet, unseren närrischen Senf dazu zu geben. Auf dem Wagen wird der Papst kritisiert, aber nicht beleidigt. Und religiöse Gefühle werden schon gar nicht verletzt. Das hätte mir mein katholischer Carnevals-Comitee-Präsident Engelbert Oxenfort, der Papst Benedikt sehr verehrt, auch nicht durchgehen lassen. Sollte Papst Benedikt seinen Schritt rückgängig machen und die reaktionäre Antisemiten-Truppe wieder aus der Kirche ausschließen – was er ohne weiteres tun könnte – werde ich mich in Sack und Asche gehüllt vor den Kölner Dom werfen und um Verzeihung bitten. Mein Ehrenwort.

Mit freundlichen Grüßen, Ihr Jacques Tilly

Der Pakt mit dem Teufel | 2009

Nächstenliebe in München | 2018

Nächstenliebe in Düsseldorf | 2018

Für ein weltoffenes Bayern und einen weltanschaulich neutralen Staat!
Keine religiösen Symbole in öffentlichen Behörden!
GRUNDGESETZ
DER
BUNDESREPUBLIK
EUTSCHLAN
Tilly
Eine Denkanregung der gbs Giordano-Bruno-Stiftung www.giordano-bruno-stiftung.de und des bfg Bund für Geistesfreiheit München www.bfg-muenchen.de

Gottesstaat Bayern – Kreuzerlass | 2018

Trennung von Staat und Kirche? Nicht mit uns! Die bayerische Regierung beschließt grundgesetzwidrig, dass ab dem 1. Juni 2018 im Eingangsbereich aller Behörden ein christliches Kreuz zu hängen hat.

SCHLUSSWORT

Lachen ist die Kunst zur Vernichtung der Angst | Schlusswort von Jacques Tilly

Als junger Erwachsener habe ich den 1982 erschienenen Roman *Der Name der Rose* von Umberto Eco mehrfach gelesen. Dieses Buch war für mich prägend und in gewisser Weise programmatisch. Der Plot: In einer spätmittelalterlichen Abtei versucht der finstere Mönch Jorge von Burgos mit allen Mitteln, das allerletzte Exemplar einer Abhandlung des Aristoteles über die Komödie unter Verschluss zu halten. Als ihm sein humanistisch gesinnter Gegenspieler William von Baskerville auf die Schliche kommt, entfaltet sich ein sehr aufschlussreicher Dialog. William fragte Jorge: „Aber was schreckt dich so sehr an dieser Abhandlung über das Lachen?" Jorge legt dann dar, dass das Lachen die Furcht töte, und ohne Furcht gäbe es keinen Glauben mehr. Jorge: „Aus diesem Buch könnte leicht der luziferische Funke aufspringen, der die ganze Welt in einen neuen Brand stecken würde, und dann würde das Lachen zu einer neuen Kunst..., zur Kunst der Vernichtung von Angst."

Lachen ist die Kunst der Vernichtung von Angst. Was für eine großartige Erkenntnis. Sie war im Mittelalter genauso wahr wie heute. Das Lachen, der Humor, der Spott und der Witz nehmen den Menschen die Angst. Die Angst vor der Strafe Gottes, vor der Sünde, vor den irdischen Strafen durch Gottes Bodenpersonal. Durch Angst herrschten Päpste und Priester, herrschten und herrschen totalitäre Absolutisten, Despoten und Diktatoren. Auf Angst basiert die Macht der Islamisten und Terroristen. Nichts fürchten Menschenrechtsfeinde, Autoritäten und Würdenträger aller Art mehr als das befreite Lachen eines angstfreien Menschen. Plötzlich stehen sie nackt da, ihres schützenden Respekts und der Achtung beraubt, und jeder sieht, was sie wirklich sind: lächerlich.

Die Antwort Williams fiel deutlich aus: „Ich hasse Dich, Jorge von Burgos, und wenn ich könnte, würde ich Dich hinunterführen und über den Hof treiben, nackt ausgezogen, ein paar Hahnenfedern im Hintern und das Gesicht bemalt wie ein Narr und Hanswurst, damit alle im Kloster über Dich lachen und keine Angst mehr haben".

Da fallen mir direkt einige ein, mit denen man ebenso verfahren könnte. Was wäre das für ein prächtiger Karnevalsumzug.

Das Tilly-Team grüßt den Rest der Welt

Alibri Verlag
www.alibri.de
Aschaffenburg
Mitglied in der Assoziation Linker Verlage (aLiVe)

Zweite, korrigierte Auflage 2020
Reihe Alibri [.-]

Buchidee | Konzeption | Layout | Satz | Umschlaggestaltung: Eva Witten

Druck und Verarbeitung: Dardedze Holografija, Riga
ISBN 978-3-86569-299-3

Foto S. 4 © Andreas Endermann
Foto S. 7 © Steve Antonin
Fotos S. 9, 12, 16, 19, 21, 33, 39, 41, 42, 45, 62, 63, 78, 82, 86, 89, 90, 92, 93, 97, 109 und Umschlagrückseite © Hojabr Riahi
Fotos S. 10, 11, 15, 17, 20, 28, 29, 50, 52, 53, 56, 59, 66, 70, 75, 81, 85, 92, 100, 103, 104, 106, 108, 110, 112, 121 © Tilly-Team / Jacques Tilly
Fotos S. 25, 46, 47, 65, 67 Bild 1+2+3 links / Bild 1 rechts, 105, 107, 115 © Ricarda Hinz
Fotos S.67 Bild 1+2 Mitte: © Kevin McElvaney / Greenpeace
Foto S. 64 © Maria Feck
Fotos S. 30, 31 © Peter Byrne
Fotos S. 31, 33 © Robert Mandel
Fotos S. 26, 32 © David Müller-Rico
Fotos S. 50, 52, 72, 108 © Marcela Beucker
Foto S. 48 © Gerald Hänel
Foto S. 55 © Jan-Philipp Strobel / Lizenz Menno Döring
Fotos S. 102, 116 © David Farago
Fotos S. 107 © Lady WaWa
Foto S. 118 © Laura Thorenz

Wir bitten etwaige Fehler zu entschuldigen
Zeichnungen Innenseiten und Titelseite | Texte S. 1, 3, 17, 27, 37, 44, 49, 57, 69, 71, 77, 79, 87, 94, 95, 98, 99, 120 Jacques Tilly